Uma tarde na Amazônia

Esta tradução foi publicada por intermédio da Random House Children´s Books, divisão da Random House, Inc.
Título original: *Afternoon on the Amazon*

DIRETOR EDITORIAL: Raul Maia Jr.
EDITORA EXECUTIVA: Otacília de Freitas
EDITORAS ASSISTENTES: Camile Mendrot
Pétula Lemos
ASSISTENTE EDITORIAL: Áine Menassi
TRADUÇÃO: Luciano Machado
PREPARAÇÃO DE TEXTO: Silvana Salerno
REVISÃO DE PROVAS: Ana Maria Barbosa
Patrícia Vilar
Valéria Braga Sanalios
ILUSTRAÇÕES: Sal Murdocca
CAPA: Silvia Massaro
com ilustrações de Sal Murdocca
FINALIZAÇÃO DE ARQUIVO: Thiago Nieri

Texto em conformidade com as novas regras ortográficas do Acordo da Língua Portuguesa

Dados Internacionais de Catalogação na Publicação (CIP)
(Câmara Brasileira do Livro, SP, Brasil)

Osborne, Mary Pope
Uma tarde na Amazônia / Mary Pope Osborne ; ilustrações de Sal Murdocca ; tradução de Luciano Vieira Machado. — 1. ed. — São Paulo : DCL, 2008. — (Coleção A casa da Árvore Mágica)

Título original: *Afternoon on the Amazon*
ISBN 978-85-368-0433-0
ISBN 978-85-368-0396-8 (coleção)

1. Ficção - Literatura infantojuvenil 2. Literatura infantojuvenil I. Murdocca, Sal. II. Título. III. Série.

07-9954 CDD-028.5

Índices para catálogo sistemático:
1. Ficção : Literatura infantil 028.5
2. Ficção : Literatura infantojuvenil 028.5

1ª edição

Farol Literário
Uma empresa do Grupo DCL — Difusão Cultural do Livro
Av. Marquês de São Vicente, 1619, Cj. 2612 — Barra Funda
CEP 01139-003 — São Paulo — SP
Tel.: (0xx11) 3932-5222
www.farolliterario.com.br

Uma tarde na Amazônia

MARY POPE OSBORNE

Ilustrações de SAL MURDOCCA

Tradução de LUCIANO MACHADO

Vejam o que as crianças têm a dizer a Mary Pope Osborne,
autora da coleção A Casa da Árvore Mágica:

Gostaria de guardar todos os seus livros numa caixa de vidro com uma chave de ouro.

Luke R.

•

Gosto de seus livros porque eles são engraçados e dão medo.

Michael C.

•

Eu queria ser uma escritora igualzinha a você.

Meghan G.

•

Espero que você escreva mais de cem livros com João e Aninha.

Brock G.

•

Seus livros me fazem sonhar.

Kurt K.

•

Acho que você é a maior escritora do mundo!

Heather O.

Para Piers Pope Boyce

SUMÁRIO

Prólogo

Num dia de verão no Riacho do Sapo, cidade da Pensilvânia, nos Estados Unidos, uma misteriosa casa apareceu no alto de uma árvore, na mata.

O menino João, de oito anos, e sua irmãzinha Aninha, de sete, subiram na casa da árvore. Eles descobriram que a casa estava cheia de livros.

João e Aninha logo notaram que a casa da árvore era mágica. Ela podia levá-los para os lugares descritos pelos livros. Bastava apontar para uma ilustração e formular o desejo de estar naquele lugar.

João e Aninha visitaram a era dos dinossauros, a Inglaterra medieval, o antigo Egito e um navio pirata.

Nesse meio-tempo, descobriram que a casa da árvore pertencia à fada Morgana. Morgana era uma bibliotecária da época do rei Artur, que tinha poderes mágicos. Ela viajava no tempo e no espaço, em busca de livros.

Em sua última aventura, *A noite dos ninjas*, João e Aninha ficaram sabendo que Morgana estava enfeitiçada. Para libertá-la, eles têm de encontrar quatro coisas especiais.

No Japão antigo, eles descobriram a primeira coisa: um metal precioso.

Agora, João e Aninha saem em busca da segunda coisa... em *Uma tarde na Amazônia*.

1
Onde está Minduim?

— Depressa, João! — gritou Aninha.

Ela correu para dentro da mata do Riacho do Sapo.

Ele seguiu atrás dela.

— Ela ainda está lá! — exclamou Aninha.

João alcançou a irmã, que havia parado ao lado do imenso carvalho.

O menino olhou para cima. A casa da árvore mágica brilhava à luz do sol da tarde.

— Estamos indo, Minduim! — gritou Aninha lá de baixo.

A menina agarrou a escada de cordas e começou a subir.

João foi atrás dela. Os dois escalaram bastante, até finalmente entrarem na casa da árvore.

— Minduim! — chamou Aninha.

João tirou a mochila das costas e olhou em volta.

Pilhas de livros estavam iluminadas pelo sol. Livros sobre ninjas, piratas, múmias, cavaleiros e dinossauros.

A letra M brilhava no soalho de madeira. O M de Morgana, a fada.

— Acho que Minduim não está aqui — disse João.

— Onde será que ela está? — perguntou Aninha.

— Como você sabe que Minduim é *ela*?

— Eu sei e pronto! — afirmou.

— Ora, ora... — João duvidou.

— *Quim!*

Aninha sorriu.

— Olhe, João!

Uma pequena meia cor-de-rosa se movia no chão da casa. No dia anterior, Aninha tinha dado sua meia para Minduim usar como caminha.

Aninha pegou o bichinho do chão.

— *Quim.*

Um camundongo castanho e branco pôs a cabecinha para fora da meia e olhou para os irmãos com seus grandes olhos.

João sorriu.

— Oi, Minduim — ele cumprimentou.

— Hoje você vai nos ajudar novamente? — perguntou Aninha.

No antigo Japão, Minduim os ajudara quando eles se perderam.

— Temos de achar mais três coisas para Morgana — lembrou Aninha.

— Primeiro, temos de achar uma pista que nos indique por onde começar — refletiu João, ajeitando os óculos.

— Eu já tenho uma ideia — disse ela.

— O que é?

— Não precisamos procurar muito longe — disse Aninha, apontando para um canto da casa da árvore.

No canto escuro havia um livro aberto.

2
Insetos gigantes

— Uau! — fez João, pegando o livro. — Ontem o livro dos ninjas estava aberto. Hoje é este. Quem o abriu?

Ele fechou o livro e examinou a capa.

Nela se via a imagem de uma floresta verde. As árvores eram muito altas e muito próximas umas das outras.

Na capa liam-se as palavras *A Amazônia e outras florestas tropicais*.

— Ah, que legal! — João se empolgou.

— Ah, não... — Aninha desanimou.

— Qual é o problema? — assustou-se João.

— Aprendi sobre a Amazônia na escola —

respondeu a garota. — Ela é cheia de insetos e aranhas enormes.

— Eu sei — confirmou João. — Metade deles ainda nem tem nome.

— É de dar arrepios — comentou Aninha.

— É legal — respondeu o irmão. Ele queria observar e anotar muitas coisas na floresta amazônica. Talvez até dar nome a alguns insetos desconhecidos.

— Legal? Argh! — Aninha arrepiou-se!

— Não estou entendendo — comentou João. — Você não teve medo dos dinossauros!

— E daí?

— Você não teve medo dos guardas do castelo nem do fantasma da múmia!

— E daí?

— Você não teve medo dos piratas nem dos ninjas!

— E daí?

— Você não tem medo das coisas realmente perigosas. Mas você tem medo de pequenos insetos e aranhas. Isso não tem o menor sentido.

— E daí?

João suspirou.

— Escute, temos de ir para lá para ajudar Morgana. Foi por isso que deixaram o livro aberto.

— Eu sei — disse Aninha franzindo o cenho.

— Além do mais, as florestas tropicais estão sendo derrubadas — continuou João. — Você não quer ver uma antes que seja tarde demais?

Aninha respirou fundo e finalmente concordou, balançando a cabeça devagar.

— Tudo bem, então vamos — disse o irmão.

Ele abriu o livro novamente, apontou para a

figura que mostrava um céu azul, folhas verdes e flores esplêndidas.

— Queremos ir para este lugar — disse ele.

O vento começou a soprar.

— *Quim!*

— Fique aqui, Minduim — Aninha pôs o camundongo no bolso.

O vento ficava cada vez mais forte. A casa da árvore começou a girar.

João fechou bem os olhos.

Agora o vento assobiava. A casa da árvore girava cada vez mais rápido.

Então tudo ficou quieto.

Absolutamente quieto.

O silêncio foi interrompido por sons selvagens.

Scriiiich!

Buzzzzzz!

Chirp! Chirp!

3
Caramba!

João abriu os olhos.

O ar estava quente e úmido.

— Parece que aterrissamos numas moitas — Aninha observou.

Ela estava olhando pela janela da casa da árvore. Minduim olhava do seu bolso.

João também estava olhando pela janela da casa.

Eles tinham ido parar num mar de folhas verdes e brilhantes. Lá fora se viam flores, borboletas e pássaros de cores vivas. Exatamente como no livro.

— Isso é muito estranho — comentou

João. — Por que será que não pousamos numa árvore, como em todas as outras vezes?

— Não sei. Mas vamos logo procurar a tal coisa para Morgana, assim podemos voltar para casa antes de encontrarmos algum inseto gigante.

— Espere. É muito esquisito — observou ele. — Não entendo por que a casa veio parar nessas moitas. É melhor ler sobre isso.

— Ora, vamos — disse ela. — Aqui não precisamos nem de escada de cordas. É só descer pela janela.

Aninha ajeitou Minduim no bolso e pôs uma perna para fora da janela.

— Espere! — exclamou João, segurando a outra perna da irmã. Ele leu:

> A floresta tropical amazônica compõe-se de três camadas. A camada mais alta é formada de copas compactas que muitas

vezes estão a mais de 45 metros de altura. Abaixo desta fica o sub-bosque. A última é a superfície da floresta.

— Volte aqui! — gritou ele. — Com certeza a gente está a mais de quarenta e cinco metros de altura! No dossel da floresta.

— Caramba! — exclamou Aninha, escorregando para dentro da casa da árvore.

— Temos de usar a escada — concluiu João. Ele ficou de quatro no chão da casa, afastou as folhas que tapavam o buraco no piso e olhou para baixo.

A escada parecia cair entre os galhos de uma árvore gigante. Mas ele não conseguia ver nada além disso.

— Não consigo enxergar o que tem lá embaixo — disse o menino. — Tenha cuidado.

João colocou o livro sobre florestas tropicais na mochila e pôs o pé na escada de cordas.

Ele começou a descer, seguido da irmã, que levava Minduim no bolso.

O garoto ia afastando as folhas.

A certa altura ele chegou ao sub-bosque, abaixo do dossel.

João olhou para baixo e contemplou a superfície da floresta, que estava lá embaixo, a uma tremenda distância.

— Puxa vida! — sussurrou ele.

Aquele mundo era completamente diferente do que se via acima das copas das árvores.

Agora que o sol já não os alcançava, eles sentiam mais frio. O ar estava úmido e parado.

João estremeceu. Aquele era o lugar mais fantasmagórico que ele já vira.

4
Milhões de formigas!

João ficou parado, observando lá de cima a superfície da floresta.

— Qual é o problema? — questionou Aninha, um pouco acima dele.

João não respondeu.

— Você está vendo aranhas gigantes, não é? — perguntou a irmã.

— Bem... não — disse João, e respirou fundo.

"Temos de continuar descendo", pensou ele. "Temos de encontrar a tal coisa especial para Morgana."

— Não estou vendo aranhas. Nada que

dê medo — disse ele. E recomeçou a descer a escada.

João e Aninha continuaram descendo e por fim chegaram ao chão da floresta.

Apenas uns poucos e difusos raios de luz atravessavam a escuridão.

As árvores eram muito, muito altas e espessas. Por toda parte viam-se musgos e trepadeiras. O chão estava coberto de folhas secas.

— Antes de fazer qualquer coisa, é melhor dar uma olhada no livro — falou João, tirando o livro da mochila.

Ele encontrou uma ilustração que mostrava o mundo sombrio que havia sob a copa das árvores.

E leu:

> **Na Amazônia, muitos seres vivos se confundem com o meio em que estão. Isso é chamado de camuflagem ou mimetismo.**

— Puxa vida! — exclamou o menino. Ele fechou o livro e olhou em volta. — Existem *milhares* de criaturas lá embaixo. Só que a gente não as vê.

— É mesmo? — sussurrou Aninha.

Ela e o irmão olharam em volta e repararam na floresta silenciosa. João teve a impressão de que estavam sendo observados por olhos invisíveis.

— Vamos procurar logo a coisa especial — murmurou a garota.

— Como vamos saber onde encontrá-la?

— Acho que a gente simplesmente vai saber — disse ela, começando a avançar na escuridão.

João a seguiu. Os dois avançaram com dificuldade por entre árvores gigantescas e trepadeiras.

Aninha parou.

— Espere... o que é isso?

— Isso o quê?

— Escute... esse som esquisito.

João ouviu um som de estalos. Pareciam os passos de alguém caminhando sobre folhas secas.

O garoto olhou em volta e não viu ninguém.

Mas o som ficava cada vez mais alto.

Será que era um animal? Um inseto gigante? Um inseto que ainda não tinha nome?

Naquele mesmo instante a floresta ganhou vida.

Pássaros levantaram voo, sapos se puseram a pular sobre as folhas, lagartos subiam nos troncos das árvores.

O ruído estranho aumentou ainda mais.

— Talvez o livro explique isso — supôs João. Ele abriu o livro e achou uma figura com diferentes animais correndo ao mesmo tempo.

Então leu:

> Quando os animais ouvem estalidos, fogem assustados. Esse som significa que 30 milhões de formigas carnívoras avançam por sobre as folhas secas.

— É um exército de formigas! — exclamou João. — Milhões de formigas!

— Onde? — perguntou Aninha.

Os irmãos olharam em volta desesperados.

— Ali! — apontou a menina.

Milhões, muitos milhões de formigas carnívoras avançavam sobre as folhas!

— Corra para a casa da árvore! — gritou Aninha.

— Onde ela está? — perguntou João, olhando ao redor. Todas as árvores pareciam iguais. Onde estava a escada de cordas?

— Corra e pronto! — respondeu Aninha.

Os irmãos saíram em disparada.

Eles corriam sobre as folhas secas.

Passavam por entre gigantescos troncos de árvores.

Desviavam de trepadeiras e musgos suspensos.

Saltavam por cima de grossas raízes.

A certa altura, João avistou uma clareira iluminada pela luz do sol.

— Por ali! — exclamou ele.

João e Aninha correram em direção à luz, avançando por entre as moitas.

De repente, chegaram à margem de um rio.

Eles olharam para a água barrenta e vagarosa do rio.

— Você acha que as formigas virão para cá? — perguntou Aninha, ofegante.

— Não sei — respondeu João. — Mas se entrarmos um pouquinho no rio estaremos salvos. As formigas não entram na água. Vamos.

— Olhe! — a menina apontou uma grande tora de madeira balançando na água, perto da margem do rio. O tronco estava escavado.

— Aquilo deve ser uma canoa — disse o irmão, enquanto ouvia os estalidos ao longe.
— Vamos entrar nela. Depressa!

João colocou o livro na mochila. Então os dois subiram com todo o cuidado na tora escavada.

Aninha inclinou-se para fora da tora e, apoiando as mãos na margem, fez a canoa avançar rio adentro.

— Espere! — exclamou o garoto. — Nós não temos remos!

— Ops...

O barquinho começou a descer vagarosamente o rio de águas barrentas.

5
Peixes bonitos

— *Quim*.

Aninha afagou o camundongo dentro do bolso.

— Está tudo bem, Minduim. As formigas não conseguem nos pegar no rio. Estamos em segurança.

— Talvez a gente esteja livre das formigas — disse João. — Mas para onde esta canoa vai?

João e Aninha olharam para o rio. Muitos e muitos galhos se erguiam sobre a água, com musgos e trepadeiras dependuradas.

— Acho bom dar uma olhada nisto aqui

— refletiu o menino, tirando da mochila o livro sobre florestas tropicais para folheá-lo.

Logo ele achou a imagem de um rio e leu a legenda:

> Partindo das montanhas do Peru, o rio Amazonas cruza o Brasil e deságua no oceano Atlântico, a mais de seis mil quilômetros da sua nascente. A bacia amazônica abriga metade das florestas tropicais do mundo.

João olhou para Aninha.

— Estamos no rio Amazonas. Ele tem mais de seis mil quilômetros!

— Uau! — surpreendeu-se Aninha, num sussurro. Ela contemplou o rio e mergulhou a mão em suas águas.

— Preciso fazer algumas anotações... — disse João. Tirou o caderno da mochila e escreveu:

— João, olhe aqueles peixes bonitos cheios de dentes — a garota interrompeu.

— O quê? — perguntou ele, tirando os olhos do caderno.

Aninha estava apontando para uns peixes azuis que nadavam perto do barco. Eles tinham barriga vermelha e dentes afiados.

— Cuidado! — avisou João. — Isso aí não são peixes bondosos. São piranhas! Elas comem o que aparecer pela frente! Comem até gente!

— Caramba! — disse a menina em voz baixa.

— É melhor a gente voltar para a margem do rio — ele sugeriu, colocando os livros na mochila.

— Como? Não podemos entrar na água e não temos remos.

João tentou manter a calma.

— Precisamos de um plano — disse ele.

O garoto olhou para o rio. Logo a canoa ia passar embaixo de algumas trepadeiras.

— Vou agarrar uma trepadeira e então a gente desce para a margem.

— Boa ideia — concordou Aninha.

Quando eles iam passando sob os galhos, João se levantou.

A canoa balançou e ele quase caiu na água.

— Equilibre a canoa — pediu João.

Aninha inclinou-se para o lado oposto. O irmão levantou o braço, mas não alcançou o galho!

A canoa foi passando por outros galhos.

O menino ergueu bem a mão, procurando alcançar um galho grosso.

Dessa vez João conseguiu agarrá-lo!

O galho era frio e escamoso. Ele se mexeu e se sacudiu!

— *Ahhh!* — gritou, deixando-se cair na canoa.

O galho estava vivo!

Na verdade, era uma enorme sucuri!

A cobra esverdeada desprendeu-se da árvore, caiu no rio espirrando água e nadou para longe.

— Puxa vida...! — João suspirou.

Ele e a irmã se entreolharam aterrorizados.

— E agora? — Aninha fez uma careta.

— Bem... — refletiu o irmão, observando o rio. Ele não viu galhos suspensos mais adiante, mas havia um grande tronco flutuando na água.

— Pegue esse tronco que está perto de você — ordenou João. — Talvez a gente possa usá-lo como remo.

A canoa se aproximou do tronco. Aninha estendeu a mão para pegá-lo.

Mas, de repente, o galho ergueu-se no ar!

Era um *ja-ca-ré*!

— Socorro! — gritou a menina, caindo na canoa.

O jacaré abriu a bocarra cheia de dentes, passou pela canoa e avançou rio acima.

— Puxa vida... — murmurou João.

Um ruído penetrante cortou o ar.

Os irmãos se sobressaltaram.

— Socorro! — gritou o menino.

Ele esperava ver outra criatura terrível.

Mas viu apenas um macaquinho castanho, pendurado numa árvore pelo rabo.

6
O macaco encrenqueiro

— *Quim! Quim!*

Minduim pôs a cabeça para fora do bolso de Aninha. O camundongo parecia estar desesperado ao ver o macaco.

— Não se preocupe, Minduim — tranquilizou Aninha. — É só um macaquinho. Ele não vai nos fazer nenhum mal.

Mas de repente o macaco pegou uma grande fruta vermelha que havia numa árvore e atirou-a em direção à canoa.

— Cuidado! — gritou João.

A fruta caiu no rio, espirrando água.

O macaco deu um guincho ainda mais alto.

Ele agarrou outra fruta.

— Não atire coisas em nós! — gritou Aninha.

Mas o macaco atirou a fruta vermelha em sua direção.

Os garotos se esquivaram novamente e a fruta foi cair na água.

— Pare com isso! — exclamou Aninha.

Porém o macaco limitou-se a balançar os braços e a gritar mais uma vez.

— Caramba... — comentou João. — Não acredito nisso.

O macaco pegou uma terceira fruta e atirou-a contra os irmãos. Ela bateu com violência dentro da canoa.

Aninha apanhou a fruta, levantou-se e jogou-a na direção do macaco.

Mas não o acertou. A canoa balançou e Aninha quase caiu na água.

O macaco guinchou ainda mais alto.

— Vá embora! — gritou Aninha. — Você é a criatura mais malvada do mundo!

O macaco parou de guinchar.

Ele olhou para Aninha e se afastou, entrando na floresta.

— Acho que o magoei — comentou a garota.

— E daí? — respondeu o irmão. — Ele não devia atirar coisas nos outros.

— Ora, ora. Começou a chover.

— O quê? — João levantou a vista. Uma gota de chuva caiu em seu olho. — Ah, não. Não acredito no que está acontecendo — ele reclamou.

— O que é que você esperava? — replicou Aninha. — Esta é uma floresta tropical, onde chove o tempo todo.

Uma ventania sacudiu a canoa.

Começou a trovejar.

— É perigoso ficar num rio durante uma tempestade — advertiu João. — Temos de voltar à margem agora mesmo.

— Mas como? — perguntou Aninha. — Não podemos ir andando nem nadando. As piranhas, a cobra ou o jacaré vão nos pegar.

Um ruído cortou o ar novamente.

— Ah, não! — reclamou o garoto. O chato do macaco estava de volta.

Desta vez, o macaco apontava uma vara comprida para a canoa.

João se agachou. Será que o macaco ia jogar a vara neles como se fosse uma lança?

Aninha levantou-se de um salto e encarou o macaco.

— Cuidado! Ele é maluco — avisou o irmão.

Mas o macaco ficou simplesmente olhando

para Aninha, enquanto ela olhava para ele.

Depois de um bom tempo, o macaco pareceu sorrir.

Aninha sorriu para ele também.

— O que é que está havendo? — impacientou-se João.

— Ele quer nos ajudar — disse a garota.

— Ajudar como?

O macaco aproximou a vara comprida da canoa.

Aninha agarrou a ponta.

O macaco puxou a vara, e a canoa começou a deslizar em sua direção.

Ele conseguiu trazer a canoa até a margem do rio.

7
Não se mova!

João e Aninha pularam para fora da canoa.

A chuva começou a aumentar.

O macaco foi pulando de árvore em árvore, junto à margem do rio.

Ele gritava e acenava para os irmãos.

— Ele quer que nós o sigamos! — Aninha apontou.

— Não! Nós temos de encontrar a coisa especial e voltar para casa! — respondeu João. Mas Aninha não se convenceu:

— Ele quer nos ajudar! — e saiu correndo atrás do macaco.

Os dois desapareceram na floresta.

— Aninha!

Trovões estrondavam no céu.

— Minha nossa... — murmurou João.

Ele disparou a correr atrás da irmã e do macaco, penetrando a floresta sombria.

Surpreendentemente, a mata parecia seca.

João ergueu os olhos. Ainda chovia, mas as copas das árvores funcionavam como um imenso guarda-chuva.

— Aninha! — chamou o garoto.

— João! João! — respondeu ela.

— Onde você está?

— Aqui!

João correu na direção de onde vinha a voz da menina.

Logo ele viu o macaco, que estava guinchando e balançando-se numa árvore.

Aninha estava ajoelhada no chão da floresta,

brincando com um animal que se parecia com um filhote de gato gigante.

— O que é isso? — perguntou João desconfiado.

— Não sei, mas eu o adorei!

Aninha tocava as patas do animal. Seu pelo era dourado, com manchas escuras.

— Espero que não seja o que eu estou pensando... — João disse, tirando o livro sobre florestas tropicais da mochila para mais uma vez folheá-lo.

— Ai, ele é tão fofinho! — derreteu-se Aninha.

João achou a figura de um animal com pelo dourado e manchas pretas. Ele leu:

> A onça-pintada é o maior predador do hemisfério ocidental.

— Esqueça essa história de "fofinho" — advertiu o menino. — Eu bem que sabia que isso era um filhote de onça-pintada. Ele vai crescer e se tornar o maior predador do...

— O que é um predador? — perguntou a menina.

— *GRRR!*

Eles ouviram um tremendo rugido.

João olhou em volta.

A mamãe onça saía de trás de uma árvore. Ela avançava devagar sobre as folhas secas... *em direção a Aninha.*

— Não se mova...! — murmurou o irmão.

Aninha ficou paralisada, mas a onça continuou a avançar lentamente em sua direção.

— Socorro! — João pensou alto.

De repente, o macaco desceu da árvore e agarrou a cauda da onça!

O felino rugiu e se voltou para ele.

Aninha levantou-se de um salto.

O macaco puxou a cauda da onça novamente, soltou-a e começou a fugir.

O animal começou a persegui-lo.

— Corra, Aninha! — gritou João.

Os irmãos saíram em disparada pela floresta, num verdadeiro "salve-se-quem-puder"!

8
Morcegos-vampiros?

— Espere... — disse João ofegante. — Acho que já escapamos da onça.

Os dois pararam de correr e recuperaram o fôlego.

— Onde estamos? — quis saber o menino.

— Onde está o macaco? — quis saber a menina, olhando para trás. — Você acha que a onça-pintada o pegou?

— Não, os macacos são muito rápidos — disse João.

"Claro que as onças também são rápidas", ele pensou. Mas não queria dizer isso para a irmã.

— Espero que ele esteja bem — desejou a garotinha.

— *Quim*.

Minduim pôs a cabeça para fora do bolso e olhou ao redor.

— Minduim! Quase me esqueci de você! — exclamou Aninha. — Você está bem?

O camundongo simplesmente olhou-a com aqueles olhos grandes.

— Parece assustado — disse João. — Pobre Minduim.

— Pobre macaco — refletiu Aninha observando a mata que os cercava.

— É melhor consultar o livro.

O menino tirou o livro da mochila e se pôs a virar as páginas, procurando ajuda.

Ele parou na figura de uma criatura assustadora.

— Nossa! O que é isso? — quis saber.

João leu a legenda:

> Os morcegos-vampiros vivem na floresta amazônica. À noite eles mordem suas vítimas e sugam o sangue delas.

— Morcegos-vampiros? — empalideceu João, como se fosse desmaiar.

— Morcegos-vampiros? — assustou-se Aninha.

O irmão fez que sim com a cabeça.

— Quando anoitece.

Os dois olharam em volta. A floresta parecia estar ficando ainda mais sombria.

— Caramba! — exclamou Aninha, olhando para o irmão. — Talvez a gente deva ir para casa.

João assentiu com um gesto de cabeça. Pela primeira vez ele concordava com ela.

— E como fica a nossa missão? — perguntou a garota. — E quanto a Morgana?

— Depois a gente volta — afirmou o menino. — Temos de estar preparados.

— Quer dizer então que a gente volta amanhã?

— Isso mesmo. Agora, qual é o caminho para a casa da árvore?

— Por aqui — apontou ela.

— Por ali — o garoto apontou na direção contrária.

Eles se entreolharam.

— Estamos perdidos — disseram os dois ao mesmo tempo.

— *Quim!*

— Não se preocupe, Minduim — disse Aninha afagando o camundongo. Mas então a menina parou.

— *Quim. Quim.* — fazia o camundongo.

— João, acho que Minduim está querendo nos ajudar.

— Como? — quis saber o irmão.

— Da mesma forma que nos ajudou no tempo dos ninjas...

Aninha pôs o bichinho no chão da floresta coberto de folhas.

— Leve-nos para a casa da árvore, Minduim.

O camundongo disparou a correr.

— Para onde foi ele? — perguntou Aninha. — Não consigo vê-lo.

— Foi por ali! — disse João, apontando as folhas que se agitavam junto ao chão.

Uma listra branca passou rapidamente por cima das folhas.

— É mesmo, ali! — apontou a menina.

Os irmãos seguiram na direção das folhas que se mexiam. A listra branca apareceu e logo desapareceu.

De repente, João parou.

O piso da floresta estava quieto e silencioso. Não havia nenhum sinal de Minduim.

— Onde está Minduim? — perguntou João.

Ele continuava de olhos grudados no chão.

— João!

O garoto olhou em volta. Sua irmã estava atrás de uma árvore ali perto, apontando para cima.

João levantou a vista.

A casa da árvore.

— Ufa... — ele disse baixinho.

— Minduim nos salvou novamente. Agora está subindo a escada sozinho. Olhe! — Aninha apontou para a escada de cordas.

Minduim subia por uma das cordas.

— Vamos — incentivou João.

Aninha começou a subir a escada, seguida pelo irmão.

Eles seguiram os passos de Minduim até o dossel da floresta tropical amazônica.

9
A coisa

Os irmãos adentraram na casa da árvore.

Minduim estava sobre uma pilha de livros.

Aninha afagou a cabecinha dele.

— Obrigada — agradeceu ela ternamente.

— Tenho de escrever alguma coisa sobre a floresta amazônica — João disse. — Veja se acha o livro sobre a Pensilvânia.

A menina começou a procurar o livro sobre a Pensilvânia — o livro que sempre os levava de volta para casa.

João tirou o caderno da mochila.

Ele queria anotar um monte de coisas sobre aquele lugar, mas até então só conseguira escrever:

— Ele não está aqui! — alertou Aninha.

— O quê? — perguntou João levantando a vista para olhar em volta.

A garota tinha razão. O livro sobre a Pensilvânia havia sumido.

— Ele estava aqui antes de sairmos da casa?

— Não me lembro — disse Aninha.

— Puxa vida. Agora não podemos voltar para o Riacho do Sapo.

— Isso significa que estaremos aqui quando os morcegos-vampiros vierem — concluiu Aninha, com medo.

Uma coisa entrou voando pela janela da casa da árvore.

— Ahhh! — os dois gritaram, abaixando as cabeças.

Tump.

Algo caiu no chão. Uma fruta vermelha.

O garoto ergueu os olhos. O macaco estava trepado na janela, a cabeça inclinada para um lado, parecendo sorrir para eles.

— Você escapou! — exclamou Aninha.

— Obrigado por nos salvar — agradeceu João.

O macaco limitou-se a arreganhar os dentes.

— Só queria saber uma coisa — disse a garota, apontando a fruta. — Por que você fica jogando essas frutas em nós?

O macaco pegou a fruta.

— Não! Não jogue! — exclamou João, abaixando-se.

Mas o macaco não atirou a fruta.

Ele ofereceu a Aninha, movendo os lábios como se tentasse dizer alguma coisa.

Aninha olhou nos olhos do macaco. Ele moveu os lábios novamente.

— Uau... — fez Aninha devagar. — Agora eu entendi.

— Entendeu o quê? — perguntou João.

A menina pegou a fruta da mão do macaco.

— É isto — ela disse. — Esta é *a coisa* de que precisamos.

— Que coisa? — perguntou João.

— Uma das coisas especiais que temos de achar para Morgana. Para livrá-la do feitiço.

— Você tem certeza? — questionou o irmão.

Antes que Aninha tivesse tempo de responder, João viu o livro sobre a Pensilvânia.

— Olhe! É o nosso livro! — ele apontou.

— Nós achamos a coisa e agora conseguimos ver o livro — concluiu ela. — É assim que funciona, lembra-se?

João fez que sim com a cabeça. Agora ele se lembrava. O chefe ninja lhes dissera que só conseguiriam achar o livro sobre a Pensilvânia quando achassem o que estavam procurando.

O macaco deu um guincho que era como uma risada.

Os meninos olharam-no. Ele estava batendo palmas.

Aninha riu para ele.

— Como você soube que tinha de nos dar esta fruta? — perguntou ela. — Quem lhe disse isso?

O macaco apenas acenou para os dois irmãos, deu meia-volta e saiu da casa da árvore.

— Espere! — chamou João, olhando pela janela.

Tarde demais.

O macaco havia desaparecido. Sumira entre as copas das árvores.

— Adeus! — a menina despediu-se.

Ouviu-se um guincho alegre vindo do misterioso mundo lá de baixo.

João suspirou. Ele pegou o caderno novamente e leu o que tinha escrito:

A floresta tropical amazônica é

Ele precisava escrever *alguma coisa* antes de irem embora. Então acrescentou...

surpreendente

O menino deixou o caderno de lado. Aninha pegou o livro sobre a Pensilvânia.

— Agora precisamos mesmo ir embora — disse ela.

A seguir, abriu o livro na página da fotografia da mata do Riacho do Sapo.

— Queremos ir para este lugar — disse a garota, apontando para a foto.

O vento começou a soprar.

As folhas começaram a farfalhar.

A casa da árvore se pôs a girar.

Foi girando cada vez mais rápido.

Então tudo ficou quieto.

Absolutamente quieto.

10
Meio caminho andado

— *Quim.*

João abriu os olhos. Minduim estava no peitoril da janela da casa da árvore.

— Estamos em casa novamente — disse Aninha.

Seu irmão soltou um suspiro de alívio.

A garota levantou a fruta contra a luz da tarde.

— O que é isto exatamente? — perguntou.

— Talvez esteja no livro — respondeu João.

Ele tirou da mochila o livro sobre florestas tropicais, começou a folheá-lo e encontrou a imagem de uma fruta vermelha.

— Achei! — exclamou.

A manga é doce e suculenta como um pêssego.

— Manga? Hummm... — fez Aninha, levando a fruta à boca.

— Ei! — interrompeu João, tirando a manga da mão dela. — Nós temos de colocá-la junto com o metal precioso.

O garoto posicionou a manga sobre o M gravado no soalho da casa.

— Metal precioso... manga — refletiu Aninha. Aquilo parecia uma fórmula de encantamento.

— Já é meio caminho andado — disse João. — Agora só faltam duas coisas.

— E aí a gente vai poder libertar você, Morgana! — completou a garota, como se Morgana estivesse ali perto.

— Como sabe que ela está ouvindo o que você diz?

— Eu simplesmente sinto isso.

— Ora, ora — duvidou o garoto. Ele precisava de outras provas de que Morgana os ouvia.

— *Quim!* — fez Minduim, olhando para João e Aninha.

— Agora temos de ir embora — disse o menino ao camundongo.

— *Quim.*

— Podemos levá-lo conosco? – perguntou Aninha.

— Não — disse João. — Mamãe não vai querer um camundongo dentro de casa. Ela não gosta, lembra-se?

— Como é que alguém pode *não* gostar

de um camundongo? — disse a menina, inconformada.

João sorriu.

— Como pode alguém não gostar de uma aranha? — ele perguntou.

— Isso é diferente — respondeu Aninha, afagando a cabeça de Minduim. — Até logo — disse ao pequenino. — Espere por nós aqui. Amanhã estaremos de volta.

O menino também afagou o camundongo.

— Até logo, Minduim. Obrigado pela ajuda.

— *Quim*.

João pôs o livro sobre florestas tropicais em cima do livro sobre os ninjas.

As crianças desceram pela escada de cordas.

Quando chegaram ao chão, começaram a andar pela mata do Riacho do Sapo.

A luz projetava sombras de folhas no chão.

Eles ouviram o canto de um pássaro.

"Esta mata é muito diferente da floresta amazônica", pensou João.

— Aqui não existem onças-pintadas nem formigas carnívoras — ele concluiu. — Nem macaquinhos.

— Sabe, aquele macaco não fez nenhuma maldade com a gente — refletiu a irmã. — Ele só estava tentando nos dar a manga.

— Eu sei. Na verdade, nenhum dos animais estava sendo *mau*. As formigas carnívoras estavam simplesmente marchando em massa, que é o que sempre fazem.

— E as piranhas estavam apenas sendo piranhas — completou Aninha.

— E a sucuri agiu como agem as sucuris — continuou João.

— O jacaré agiu como um jacaré — acrescentou ela.

— E a mãe onça simplesmente estava cuidando do filhote.

Aninha sacudiu os ombros.

— Mas continuo a não gostar de insetos.

— Você não precisa *gostar* deles — disse

João. — Basta deixá-los em paz que eles não vão incomodá-la.

"Na verdade, isso vale para toda a floresta amazônica", ele pensou. "Todo mundo devia simplesmente deixá-la em paz."

— Quem se importa se os insetos não têm nomes? — disse o garoto em voz baixa. — Eles próprios não sabem o nome que têm.

João e Aninha saíram da mata do Riacho do Sapo.

Quando entraram em sua rua, notaram que ela estava banhada numa luz dourada.

— Vamos ver quem chega primeiro! — provocou Aninha.

Os dois dispararam a correr.

Passaram voando pelo jardim.

Subiram as escadas a jato.

— Sãos e salvos! — gritaram juntos, tocando a porta da frente ao mesmo tempo.

Viaje na

CASA DA ÁRVORE MÁGICA

DINOSSAUROS ANTES DO ANOITECER

O CAVALEIRO AO AMANHECER

MÚMIAS DE MANHÃ

PIRATAS DEPOIS DO MEIO-DIA

A NOITE DOS NINJAS

UMA TARDE NA AMAZÔNIA

TIGRE-DENTES-DE-SABRE AO PÔR DO SOL

MEIA-NOITE NA LUA

GOLFINHOS AO ALVORECER

CIDADE-FANTASMA AO ENTARDECER

UMA MANHÃ NA ÁFRICA

URSOS-POLARES DEPOIS DA HORA DE DORMIR

FÉRIAS SOB O VULCÃO

O DIA DO REI DRAGÃO

NAVIOS VIKINGS AO AMANHECER

A HORA DAS OLIMPÍADAS

A AUTORA

PAUL COUGHLIN

Mary Pope Osborne é autora premiada de mais de 50 livros para jovens, entre os quais as coleções *American Tall Tales, Favorite Greek Myths,* os livros de mistério *Spider Kane* e *One World, Many Religions,* que recebeu a láurea Orbis Pictus Honor Book. Recentemente, ela completou duas gestões à frente da Authors Guild, a organização de escritores mais importante dos Estados Unidos. Mary Pope vive em Nova York com o marido Will e o cachorro Bailey. Eles têm um chalé na Pensilvânia — a mesma região onde nossos amigos João e Aninha moram.

A possibilidade de Mary viajar junto dos irmãos João e Aninha por diferentes locais e épocas entusiasma a autora! Ela nunca havia pensado que poderia visitar tantos lugares por meio da sua imaginação.